법성포 블루스

천년의시 0136

법성포 블루스

1판 1쇄 펴낸날 2022년 8월 17일
지은이 강명수
펴낸이 이재무
기획위원 김춘식, 유성호, 이형권, 임지연, 홍용희
책임편집 박찬세
편집디자인 민성돈
펴낸곳 (주)천년의시작
등록번호 제301-2012-033호
등록일자 2006년 1월 10일
주소 (03132) 서울시 종로구 삼일대로32길 36 운현신화타워 502호
전화 02-723-8668
팩스 02-723-8630
블로그 blog.naver.com/poemsijak
이메일 poemsijak@hanmail.net

강명수 © , 2022, printed in Seoul, Korea

ISBN 978-89-6021-648-8
    978-89-6021-105-6 04810(세트)

값 10,000원

법성포 블루스

강 명 수 시 집

천년의
시 작

이렇듯
언어의 집을 짓는다

첫 시집을 세상에 내놓는 일은
음악 같은 내 삶의 이력,

시의 율동으로 자아를 찾아가는 항해는
미래 진행형일 것이다

바다 위의 알바트로스처럼

2022년 여름, 전주 모악산 중인리에서
강명수

차 례

시인의 말

제1부

줄다리기

초여름 밤 무논에서
개구리들이 목청껏 줄다리기를 하고 있다

소리로 엮은 새끼줄이 팽팽하다

갑자기 왼쪽 논 개구리들의 환호성
소리 폭죽을 터뜨린다

방금
오른쪽 논의 개구리 소리 줄이 왼쪽으로 기울었나 보다

모항의 오후

백 살은 넘은 듯한 그루터기 해송 밑에
한 남자가 털썩 주저앉아 있습니다
품 안에 들어오는 모든 것들을
그냥 그대로 끌어안아 줍니다
모래톱을 베고 한때 고속도로를 달렸던
폐타이어가 누워 있습니다
일회용으로 버려진 페트병
고함치며 뒹구는 소주병도 있습니다
달아난 여자의 신발처럼
암벽 위 노란 장다리꽃
미끄러지듯 암벽을 붙잡고 있습니다
수평선을 누르는 불구슬이
물비늘 위에 묽게 풀리고 있습니다
비린내 머금은 바람이
오후 여섯 시를 건너가고 있습니다
하늘이 고단한 하루를 내려놓으려
검은 장막을 내리고 있습니다
모두 발가벗었습니다
그 속에서 화려한 백수 김 씨는
지워지는 수평선을 멍하니 바라보고 있습니다

도라전망대에서

회색 점을 당긴다
서울보다 가까운데 갈 수 없는 땅
마네킹처럼 한곳만 응시한다
통통 튀는 고라니도 자유로운데
동맥경화 앓고 있는 남과 북
고려청자 같은 푸른 하늘
조선백자 같은 하얀 구름
역사의 지문을 켠다
가깝게 송악산이 보이고
개성 공단도 보인다
백두대간 가로질러
반도 땅을 울린다
선조들의 호통 소리
칠십 년 이산의 흔적, 화석이 된 이곳
지오피 철책 선으로 그어진
남방 한계선 북방 한계선
비무장지대의 그늘이 들어차
백자가 깨지고
청자가 흔들린다

물의 법문

하루에도 몇 차례, 호수는
수면 위에 그림을 그린다
바람이 밑그림을 지우고
빗줄기가 화폭을 엎질러도
수심 깊이
잔잔한 삶을 담아낸다
산이며 집이며 나무들을
고요하게 살려 낸다
한 획 허공을 긋고
정적을 깨는 새와
저녁 어스름을 밟는 사람들을
망초꽃 구름송이로 채색하는
물의 화법,
무심코 던지는 돌멩이에 일렁이는 파문도
물의 법문이다.

고양이

냉동고에서 꺼낸 굴비 두 마리 감쪽같이 사라져 버렸다. 빈 그릇만 덩그러니 놓여 있다. 열린 문 뒤에서 고양이가 두 발을 비빈다. 눈알 땡그러니 치뜨고 나를 뚫어지게 쳐다보는 눈동자. 굴비 먹고 난 입가와 수염을 쓱쓱 닦는다.

그 검은 눈동자 속에는 엄마가 찬장 속에 넣어 둔 복숭아를 다 먹었던 내 유년의 모습이 보인다. 우아하게 내빼는 꼬리가 내 속으로 들어온 날. 마음속에 뭉쳐 있는 욕심 덩어리 비워 내 준다.

오늘 같은 일은 자주 일어나지 않았으면 하는
살살 간질이는 무언가가 둥지를 틀고 있다.

참! 수행이 아득하다.
굴비 두 마리 아깝다는 집착
슬며시 고개를 드는

삼천三川에서

서녘 햇살이

천변 수면을 끓인다

아지랑이가 핀다

찌개 속 거품들 걷어 내야

칼칼한 맛을 느낄 수 있듯

세제 거품을 걷어 내면

물억새가 써 내려간 사연들

제대로 읽을 수 있지 않을까

밤의 장막으로 흘러 들어오는 오폐수

땅의 실핏줄을 타고

슬금슬금 냇물로 흘러든다

그렇게 도도하게 그들이

흘러가는 줄도 모르고

재두루미, 물총새, 물오리들이 모여서

불량 주소지를 읽고 있다

보이는 것과 보이지 않는

굴레의 경계에서

보글보글 찌개가 끓고 있다

수덕사의 목어는 말하네

매미는 정말 한순간에 눈 뜨려고
땅속에서 칠 년을 기다렸을까

수덕여관 안주인은
부레옥잠으로 피어나려고
목 늘여 지아비를 기다렸을까

느티나무는 한 오백 년
왜 제자리 지키고 있을까

속을 다 파내고 소리만 사는
수덕사의 목어는 쉬지 않고 말하네

너럭바위 오가는
덕숭산 바람 되지 말고
절 마당 초입에 천 길 뿌리 내린
한 그루 느티나무 되라고

김삼의당金三宜堂을 생각하며

그리움이 어둠이 되었을까
깊은 규방에서 잠 못 이루는 가을밤
천 리를 달려가는 바람꽃 사이로
베갯머리에 간절한 시문을 낳아
난을 쳤던 당신

교룡산 그림자가 한양*으로
산맥처럼 길어질 때
잘 익은 노을이
풀빛 언어로 피어난 꽃이여

한 계절의 막이 드리워지고
또 다른 문이 열린다

빛만 좇다 그을린 삶이 아니었는지
땅거미 베고 누워
혜윰**하는 긴 노래

시간의 재잘거림 속에서
당신의 기억을 안고 휘도는

시의 강물

문전자文傳子***로 이어지며

활자별로 빛납니다

* 한양: 남편 하립의 과거 시험 준비.

** 혜윰: 생각의 순우리말.

*** 문전자: 문화적 유전자.

스몸비*

'유심 카드가 인식되지 않습니다.
 확인해 주세요.
 발신 비상 전화만 가능합니다.'

　회로들이 난리다 창을 열어 달라 아우성친다 유심 칩을 빼
서 다시 끼워 넣는다
　손가락에 진땀이 난다 아무리 스킨십을 해도 반응이 없
다, 없다, 없다
　창의 상단에 붉게 나타난 '×' 표시

　언제부터 이 조그만 네모 상자에
　완전 포로가 되어 버렸나
　다시 더 성능 좋은 인터넷 상점을 기웃거린다
　전자회로 속에 감전된 나를 꺼내 씻어 볼 틈도 없이
　손바닥만 한 경전 속으로 타들어 간다

　기계음에 흡수된 창백한 영혼이여
　조금만 기다려라
　내일은 잘 훈련된 정예부대를 이끌고

기습 작전을 펴리라

타 · 타 · 타 감염된 생물체를 실은
헬기 한 대가 회로 밖으로 빠져나온다

* 스몸비: 스마트폰과 좀비의 합성어.

배추벌레

밤새 별을 따다 배추 치마폭을 장식했나 보다
밤의 손가락이 늘어 갈수록
우주를 동그랗게 조각해 낸다
곡선으로 만들어진 이 공空판화는
누구의 작품인지 궁금하다
얼마나 작업에 몰두했는지
제 몸도 푸르게 물들어 가는 줄 몰랐을 거다
배춧잎과 일심동체로
삶의 흔적을 열심히 통찰해 내는
저! 워커 홀릭
밤하늘 별만큼이나 아득한
또 하나의 우주를 창조해 낸다
먹고 버리는 쓰레기 몸살을 앓는
지구의 둥근 몸이 안쓰러워
제 몸속에 삭힐 흔적만을 남기는 미물,
속내를 비우고 비워 내서
광대무변 허공을 집 삼아 살아가는
또 다른 마하보리
바람과 빗방울
나뭇잎 입술 부비는 소리

새들의 발가락 꼼지락거리는 소리까지도
훤히 들리도록
열린 감옥 한 채 텃밭에 짓는다.

벵골호랑이

쇠창살 공간이 그의 하루다
하늘도 그만큼의 자유만을 허락한다
땅도 그만큼의 의미만을 부여한다
그 심장에서는 본능적인 질주가 꿈틀거린다
어르릉~~~~~~~
시속 백 킬로미터의 속도로 공기를 찢는다
숲을 향한 눈동자가 동물원을 흔든다
지독한 포효는 삐쩍 마른 늑골을 드러내고
울타리를 지우려 땅을 긁는다
목마른 그림자를 이끌고 뾰족한 이를 드러내며
칠월 땡볕을 끌면서 발톱을 과시한다
벵골의 근골에서 흘러나오는 디아스포라의 슬픈 전설
어느 밀림의 제국에선가 왕의 귀환을 기다리고 있을지도
모르는 일
동물원 다녀온 그날
TV 화면에 나타난 또 한 마리 벵골호랑이
컨테이너 안에서 6개월째 농성 중이다
부당 해고 비명이 작열하는 도심 공기를 가른다
밀림으로 다시 돌아가고픈 컵라면의 하루가 저문다
별것 없이 사는 일을 꿈꾸던 그날

거리에 나앉아 죽음을 맞대는 일, 그런 별일 없이
살아남기로 작정한 독한 맘을 먹었던 그날
그는 사각형의 울타리에 갇혔다.

법성포 블루스

바람이 산등성이 아래로 해를 밀어 넣는다
산등성이를 기어오르는 갈대꽃들은
뉘엿뉘엿 지는 해를 바라보며 허연 갈기를 흔들고 있다
갯벌은 하루의 고단함을 슬며시 풀어놓으며
삐져나온 마지막 햇살을 깔고 드러눕는다
덕장엔 어부들의 그림자가 매달려 있다
젖어 드는 짠바람 물고 엮어진 굴비들이
어둠 속으로 천천히 걸어 들어간다
밤바다 휘황찬란한 크루즈를
목 늘여 바라보면서 한숨으로
하루를 헤쳐 나갈 지느러미는 투덜댄다
물 없는 세상에서 새로운 리듬을 익힐 때까지
바닷바람이 수놓은 별빛을 쓰윽 끌어당겨
뜬눈으로 검은 밤의 스텝을 밟는다

제2부

붉은 해

서녘 하늘에 붉은 해 하나 붙어 있습니다.
차를 타고 달리는 노란 들녘이 눈 시립니다.
문득, 저 붉은 해 속이 궁금해집니다.
붉은 해를 가방 속에 쑤셔 넣고 집으로 달려갑니다.
가방에 눌려 손톱 속의 봉숭아 꽃물만 해진 해가
나를 빤히 쳐다봅니다.

활자 벌레

얼마나 될까
지금까지 파도를 밀며
씹어 삼킨 종이의 활자들

참을성이 얕아서
날것으로 배설해 버릴 때가 많았다

희랍인 조르바*를 만나기 전에는 버질도
종이를 한 오십 톤쯤 씹어 삼켰을 것이라고 말했다
날개를 찾아서
바닷바람을 읽은 것은 아니었을까

진즉에
수평선을 읽었더라면 달라졌을까
파도 소리를 읽고
뜬구름 걸린 미루나무를 읽었더라면
지평선을 읽었더라면

달빛 내린 돛을 달고 활자 밖 세상으로
나를 밀어 올리고 있다

>

햇살 내린 활자 위에서 꿈틀꿈틀 배밀이하고 있다

두 틈새 출렁이며 떠나는 붉은 항해

* 니코스 카잔차키스의 『희랍인 조르바』.

문어의 계절

하루에도 수백 번 상하좌우로 늘였다 줄였다
닫았다 열었다 하기를 반복한다
안에서 밀어내는 신호는 근육을 위한 파도의 밀사
때로는 너울거리는 몸짓을 하면서
파도의 다리가 되어 주기도 하고
때로는 먹물 등에 지고 풍랑으로 출렁인다
여덟 개의 다리, 물 밖의 언어를 차곡차곡 빨판에 담아
수평선 안으로 밀어 넣기도 한다

내가 사는 날에도 그런 날 있었다
거친 바닥을 짚는 동안
바다에서 들려오는 둥근 파도 소리
용산 전망대에서 바라본 순천만의 무릎
엄마의 무릎 같았다
문어 다리처럼 낭창거리는 내 생의 물결
둥그런 파도를 감았다 풀었다
문어가 보내오는 시그널에 주파수를 맞추며
굽어진 밤길을 간다

민들레

봄 햇살이
옛 레코드판을 돌린다

지상의 낮은 것들이 물결치듯
트로트를 듣는다
뼈 속까지 젖어 든다

발아래 짓이겨진 통증조차도 잊어버리고
꽃잎 오므리는 저녁

또, 내일을 기다리며 봄날을 껴안고
하루를 온몸으로 돌린다

고향도 젊음도
흥얼거리는 노래 속에 저무는
외팔이 노점상 J씨

평생을 떠돌던 야생의 한 생
노랗게 익으며 돌아간다

울금바위*

하늘에 오르면 무엇이 있을까
쪽빛 보자기로 덮어 둔 하늘 시렁엔
별, 달, 구름, 번개
이것 말고 뭔가 특별한 먹을 것이 있을 거야
가끔씩 보자기 걷고
숭늉 같은 봄비 맛보게 하는 걸 보면

때론 또 하얀 눈도 뚝뚝 떼어 주지만
이것들을 몇억 년 전부터 먹어 왔던 바위
바닷속 탱탱한 지느러미 맛이 필요해
오늘 밤은 하늘 바다로 담을 훌쩍 넘었다

들어서자마자 뭔지 모를 빛들이
눈을 찌른다

재빠르게 집어 왔는데 입맛을 돋우는 붉은 달덩이
칸칸마다 달빛 풀어놓는다
생의 뒤 칸이 환해져 온다

개암사에 가면

하늘에 닿아 있는 바위를 딛고
내 마음이 살구꽃으로 바뀌어
도심의 불빛으로 돌아간다

* 울금바위: 전북 부안 개암사 산 능선에 하늘 높이 우뚝 솟은 바위.

삶은 국수다

팔팔 끓는 물에 국수를 넣는다
물에 잠기지 못한 몇 가닥은 부서진다
소용돌이치는 물속으로 들어간 것들
서로 살 비비면서 꿈틀거린다
물 흐르듯 익혀 낸다
어찌할 수 없는 상황에 접목되는 순간
구부리고 스며들어
화음을 이루어 내려는 것이리라
뻣뻣했던 세상살이가 잘 익은 오늘이 된다
병 입구와 같은 마음 바닥으로 쏟아 낸다
잘못 자란 생각도 남김없이 내려놓는다
내 앞에 보들보들 삶아 낸
투명한 국수 가락이 있다

들꽃 기찻길

마을 회관 건너편에
깡롱*에서 시집온 새댁이 산다
아이 둘 낳고 잘 사는 구댁舊宅이다
한국말이 좀 서툴지만
눈가엔 늘 그리움이 촉촉이 얹혀산다
이젠 된장찌개가 싱겁다느니
김치 맛이 짜다느니
시어머니 잔소리를 겨우 벗어났다
하늘에 별들이 총총히 나올 때면
모내기한 논에 개구리들이 뛰놀 때면
두고 온 동생들과 무릎관절로 고생하시는
홀어머니 생각에 마음이 휘청거린다
그런 날이면, 길가에 무더기 별로 핀
망초꽃이 기찻길이 된다
가는 목이 더욱 길어진다
치료비 들고 꿈속에서도 몇 번씩
어머니를 찾아간다

* 깡롱: 베트남 남부 지방.

상경기

산비둘기 한 마리

유리창에 부딪혀 몇 방울의 피가 튀고
두 눈 끔벅거린다
온 힘 다해 날갯죽지 파닥거린다

우리 집 거실 통유리창에는
커다란 감나무 그림자가 들어앉아 있다
새들이 나무인 줄 알고 달려들지만

길이라고 믿고 무작정 서울로 올라가
청소부가 된 옆집 철이 엄마처럼
그것이 벽인 줄 모른다

봄꽃 만개할 무렵
새들이 또 그림자에 달려들어 두둑 떨어질 무렵

병상 깊숙이에서 락스 냄새를
퍼내고 있다는 소식을 들었다

>
눈꺼풀 들어 올리려고
안간힘 쓰며 거친 숨 몰아쉬는

산비둘기 한 마리

파도를 펼쳐 읽다

노릇노릇 구워진 굴비를 접시에 담는다
어부의 투망에 기꺼이 제 한 몸 던져 낸 이 자그마한 속
살 앞에서
젓가락질이 분주하다
눅눅한 거처를 옮겨 다니면서 시큰하도록 닳아 왔을 얼룩
옆구리 벌컥거리면서 붉은 지느러미로 헤쳐 나왔을 삶이
삽삽하다*
오랜 물살의 뼈로 살았을 너
잠시도 쉴 수 없는 지느러미로
겹겹이 껴입은 바다의 내력을 써 왔을 것이다

국산일까?
가시만 남은 접시 위에
〈진품명품〉 TV 방송이 카메라를 들이댄다.

* 삽삽하다: 태도나 마음 씀씀이가 마음에 들게 부드럽고 사근사근하다.

아리아드네의 실

철썩철썩 바위에 부서지면서
수많은 상념의 가지를 키웁니다
밤새 다녀간 흔적
모래톱에 하얀 꽃을 키웁니다
살아오면서 솟은 마음 바위에
출렁, 밀려와 파도 가지 뻗어 갑니다
그 가지 끝머리에
질긴 멍울 하나 매달리고 말았습니다
끝없이 파도 나무 자라나더니
비밀번호 엉켜 버린 미로 속에서 헤매고 있습니다
초조하게 해독 문자 궁싯궁싯 입력하지만
좀처럼 열릴 기미가 보이지 않는 문
미궁을 빠져나올 비상문이 있을 것만 같아
구겨 버린 파지들을 주섬주섬 펴 봅니다
파지에 갇혀 빙빙 돌던 시어들
비상구를 뚫고
손가락과 키보드를 거쳐
모니터 화면으로 솟구쳐 나올 것만 같은 시어들
저녁 갈매기의 하루가 마릅니다

한복 속의 나비

워커힐 무대 위에 섰다

치맛자락을 밟아

동선을 벗어난 표정이

무대 밖에 비치면 어찌 할까

시선이 아래로 굽으면

턱선이 덜덜,

뒤태 비녀가 흔들리면 어쩌지

한복의 어울림이 살아날 수 있을까

무대 공포증이

무지기*가 되는 순간

한복이 한복 속의 나를 꺼낸다

진동선에서 나비들이 날아간다

50여 국 주한 외교 객석에서

숨 죽은 환호성이 흘러나온다

'대한민국 한복 모델 선발 대회'

한복 공정**에 맞선 장엄한 복식 축제

엣지 있는 포즈로

음악의 런웨이로

무지개를 내 안으로 들여온 순간

빛나는 한복 워킹이 SNS 타고

날아가는 나비 떼

지구촌의 심장을 감전시켰다

* 무지기 치마: 12폭의 길이가 서로 다른 치마를 겹쳐 달아 층이 지도록 하여 각 단에 채색을 해 무지개처럼 만든 속치마.

** 한복 공정: 중국이 한복을 한푸라 하면서 한복을 자국의 문화라고 주장.

나무 조명

비를 맞고 있는 나뭇가지들
인공조명 켜 들고 서 있다
제 몸의 불빛들이
손님들의 동공을 파고 들어가
밤을 밝혀야 하는 그들
도심의 사막에 덧입혀진
화려한 불빛이란
그들에게 혈관 깊숙이 죽음의 그늘을
파고 있을지도 모를 일이다
밤 기온 시린 몸에 둘둘 둘러 감긴
조명 줄이 그 시린 혈관을
덥혀 줄 수는 있는 깃일까
그러나 저 조명 줄은
가족의 밥줄이어서
끄덕끄덕 한눈을 팔 수가 없다
눈동자를 바라볼 수 있는
여유를 잊은 지 오래다
오늘도 그들의 밤은 꽃을 감고
하루가 몽롱하게 매몰된 시간의 그물망을

터벅터벅 횡단하고 있다

밤낮의 경계조차 허물고 있다

말의 돌

호숫가에 앉아 돌을 던져 봅니다

물이 깨지는 소리

첨벙!

돌멩이는 가라앉아 가슴 밑바닥을 찌르고 있겠지요

상처는 잠수함처럼 앉아 있을 것입니다

무심히 던진 말의 파편들이 마음 바닥을 파고

팬 웅덩이는 화끈화끈 밤잠을 설치겠지요

가슴에 맺힌 옹이들

어느 날 불쑥불쑥 솟아나는 불청객이 되겠지요

무심한 약을 발라

\>

마음이 녹아내릴 때까지

그렇게 생채기 난 웅덩이 담담해질 때까지

세월의 총량이 필요하겠지요

나침반

근무 시간을 비운 송년 문학의 밤 행사 동안
걸려 온 전화 목소리가 의자 주변을 맴돌고 있다

의자가 기우뚱 기울어진다
기울어지는 것은 익숙한 일이지만
중심을 잡는 것도 익숙할까

N극과 S극을 오가는 꽃은
불안한 미래완료의 시간을 앞지르기도 한다
상기된 채 현재완료의 시간을 마치고
적당히 기울어진 자리로

바람이 분다

언어의 꽃물이 배어든 김승희 시인이 문학 강연을 마치고
전주역으로 향하는 5분
"서울에서는 경기가 얼어붙어서인지
문학 행사를 해도 사람들이 오질 않아요"

시인의 말씀이 정수리에 꽂힌다

\>

그래도
너무 한 점에 있는 것은 재미없어
봄의 샘터에서 목을 축일 수 있는 호기심으로
미래의 방향 침이 심장 꽂으로 돌고 있다

나비

파르르 스러진다
담담하게 죽은
수도승의 빛
보고 또 본다

가볍게
육신의 그림자 남겨 두고
또 하나의 세계를 열고 있구나

맑은 혼, 날개 파닥이며
산문을 나서느라
저 언덕에서
장삼 자락 펄럭인다

수선화

봄을 쪼고 있는 노란 병아리들
콕 · 콕 · 콕 봄맛이 궁금해
맵찬 바람 꽃대궁 흔들 때마다
병아리 떼의 노란 파도
군무를 추어요
향기로운 치어플리스
노란 전설이 서해로 흘러가요
육지의 발길 그리워
펼쳐 놓은 수만 개의 궁전
나를 보고 싶으면
천사 섬 선도로 오세요

제3부

인연

달게 먹고 남은 갈비뼈들과 잔밥
된장 국물에 넣고 버무려
개 밥그릇에 옮겨 담는다
그새 냄새를 맡은 꾹꾹이는 꼬리를 바짝
치켜들고 살살 내 손등을 연신 핥아 댄다
내 뒷모습까지 눈도장 찍고
맛깔스럽게 밥그릇을 비운다, 잠시 후
은행나무에서 얌전히 볼일을 본다
내장을 훑고 지나간 그것을 삽으로 푹 떠서
감나무 밑동에 넣고 흙으로 덮는다
그것은 감나무의 물관과 체관을 타고 올라가
한여름 당차게 보내겠지
발갛고 달콤한 홍시를
빈 하늘에 신나게 내어놓겠지
비바람에 엉기고 엉겨서
가슴속까지 잘 숙성된
단맛, 내게로 돌아오겠지
인연의 꼬리를 찾아

호모 마스쿠스

—코로나 19와 함께

몸살 앓는 소리가 이곳저곳에서 터져 나온다
감 이마에 발갛게 열이 오른다
식은땀 흘리는 꽃무릇
온몸에 발진이 돋는 석류
재채기 콧물 흘리는 옥잠화
으스스 떨며 나팔꽃이 창문을 닫는다
끙끙, 한바탕 휘젓고 가는 신음
처방전엔 햇살 감기약 먹고 한 사나흘 앓고 나면
거뜬하게 일어날 거라고 주르륵 쏟았던 빗줄기 감아올린다
그렇게 한나절 지나는가 싶었다
냄새도 없고 색깔도 없이 들어온 바이러스
자객의 칼 앞에 울안의 천리향이 늘어지고
동백 모가지가 뚝뚝 떨어지고
수선화가 노랗게 질려 오그라질 때
게릴라전을 벌이며 봄을 통째로 삼켜 버렸다
날마다 스마트폰에는 마스크 착용, 손 씻기, 밀폐된 공간에서 모임 삼가기,
사회적 거리 두기 안내 문자가 꽃눈처럼 날아든다
검은 공포심이 지피에스처럼 따라다니고 폭발적인 확진자가
연일 터지며 의료진의 얼굴에 주루룩 땀이 흐른다

코로나를 우주 밖으로 날려 보내고 싶은 날

나로호 우주 센터에 갔다

다시 떠오른 초승달이 밤하늘에 메시지를 띄웠다

"무증상 집단감염 주의하세요"

중대본에서 보내온 안전 안내 문자가 연일 도배된다

전 세계에 코로나 감염자가 1억 명이 넘었다는 인터넷 뉴스

핑크 카펫 거리에는 마스크 착용 인파 물결이지만

푸른 하늘엔 코로나 백신 접종 소식이 뭉게구름처럼 피어
오른다

오후 한때 영산강을 바라보며

저 강물은 자신의 길을 알까
때로는 구름 되어 하늘을 날지만
다시 바닥으로 떨어져 흘러갈 것을

계절의 리듬을 습관처럼 받으면서
역사의 순환을 무심히 넘기면서

들녘에 비를 뿌리고
채워진 곡식
보고 또 보았을 것이다

전주와 나주를 오가던
전라기상全羅氣像의 말발굽 소리
듣고 또 들었을 것이다

수직으로 사는 시름을 보듬고 흘러가는 영산강
주먹 날려 댕기 머리 구해 낸 나주의 숨결 따라
전라 천 년 물결이 용오름 새긴다

애벌레의 집

사내의 이마에 벌레가 산다
눈 내리는 강을 수시로 건너고 나니
그 벌레가 슬금슬금
떼 지어 밭고랑이 된다
이제는 그의 몸 어느 곳에서든
꿈틀거림이 있다
소파 위에서 움찔거리는 벌레
침대 위에서 꿈을 짓는 애벌레
잠꼬대하면서조차
집어서 떼어 내려고 하여도
헛손질이다
벌레들의 몸놀림이 세찰수록
흙빛에 점점 가까워져 간다
구불구불한 길에서
만나는 그 무엇이든
길이 끝나는 날까지
그 사내는
애벌레의 집을 짓는다

제2막

　차창 밖 막간의 어둠이 열리고 있다 흩어진 구름 사이로 새
침데기 새댁처럼, 빼꼼히 얼굴을 내미는 석양이 길 따라 달
린다 여러 겹의 능선을 선명하게 긋는다 바람 한 점 물고 출
렁이는 능선에 달걀 한 개 굴리면 또르르 잘도 굴러갈 것 같
다 고추장에 버무려진 국수 구름이 화폭 가득 차오르면 봉우
리에 날개 달아 노 저어 가며 물결이 이는 산 모악산 갈래갈
래 구불구불 휘어져 가고 한 해가 담담하게 어스름 속으로 빨
려 들어간다 노곤한 계절을 놓는다 능선마다 빛깔을 달리하
는 그림자를 바라보며 한 장 남은 달력에 길을 묻는다 또 하
나의 산山을 풀어놓는다

마이산 탑사를 오르며

사는 일이 탑을 쌓는 일일까
탑을 허무는 일일까
탑사에 쌓인 것은
삼생의 꿈일까 업일까
나는 모르고 몰라서
그저 무너지면 다시 쌓고
또 무너지면 다시 쌓기를
삼백예순날의 제곱이었으리
눈비가 번갈아 찾아 붓고
마음의 죄가 한 겹 한 겹 벗겨져
돌꽃을 피웠다
돌고 돌아 꼭대기에서 점이 된 뿌리들
그 뿌리가 내 몸을 휘감아 오른다

흐름을 깰 때

꽃잎 속의 꿀벌도 잉잉거리고 있는 오후

쉼보르스카 앞에
한 송이 장미꽃이 떨어졌을 때

난데없이 파리 한 마리 꿈속으로 들어온다
얼굴에 앉았다가 팔에 앉았다가
달팽이관을 어지럽힌다

강물에 빠져
물속으로 가라앉는 개꿈이 뒤섞이면서
비몽사몽 손을 휘저어 보다가
머리를 도리질해 본다

에구! 이놈의 파리

파리채를 곁에 둔다

푸른 꿈

　시냇가에 허공을 틈 없이 채운 은행나무 세 그루 서 있었습니다
　가을이면 노랗게 물든, 참으로 노랗게 물든 은행나무였습니다
　작년 여름 큰 수해로 냇가의 길이 무너져 아직도 복구 중입니다
　포클레인이 냇물 바닥을 파내고
　커다란 바윗돌을 쌓았습니다
　수선화 애기똥풀 찔레꽃 아카시아꽃 나리꽃 칡꽃 자귀나무꽃 달맞이꽃 메꽃
　코스모스가 지천으로 피어 있던 둑길
　그 자리엔 잘 다듬어진 돌들이 박혀 있습니다
　길은 넓어지고 은행나무 한 그루 없어지고
　두 그루는 생가지가 반 이상 잘려 나갔습니다
　푸른 꿈도 잘려 나갔습니다
　살점 떨어져 나간 자리에는 가을비가 흘러내립니다
　냇물 바닥에 살던 다슬기 송사리 피라미 버들치들은 어디에 있을까
　올해 가을은 조각난 허공을 물들일 것 같습니다
　영영 물들지 못할 것도 같습니다

낙숫물

며칠간 꽁꽁 얼어붙었던 처마
햇살이 사방으로 풀리자 뚝뚝 진다
눈 안 가득 참았다가 터진 눈물방울
가시가 된 바람이 들어 있다
꾹꾹 눌러 담은 얼룩이 곰삭아서 흐물거린다
기대어 울 기둥조차 없는 한 남자
두 아이 대학 등록금은 어깨를 짓누르고
새 아파트 대출 이자는 넥타이를 조여 온다
정리 해고된 동료의 서류 더미는 몇 달째 야근이다
휴일도 반납했지만, 폭풍이 또 한바탕 훑고 갈 텐데
두 눈에서 뚝뚝 떨어지는 낙숫물
처마 아래 흙이 받아안고 스며들어 한 몸이 된다
햇살이 꼬─옥 감싸 안는다

종소리 이어달리기

길 건너편에 사내가 산다
트럭을 몰고 공사판에서 돌아오는 늦은 밤이면
온 동네가 시끄럽다
그 집 양철 대문을 요란스럽게 울린다
냇물 따라 양철 난간 벽을 두드리면서
고성방가 하면
우리 집 꾹꾹이는 짖어 댄다, 컹컹
짐승들끼리 한판 대결이 일어난다
세상을 향한 화풀이가 둔탁한 종소리가 되어
사람 대 개에서
사람 대 사람으로 이어진다
결국 개를 바로 처분하겠다는 말로 종결지었다
그날 오후 개장수가 왔다
내 손안에 십일만 원이 건네졌다
취한 종소리는 또 다른 종을 울리고
바람구멍이 난 하늘에서 눈이 내리고 있었다

그림자 노동

한여름 버드나무 가지처럼 늘어진 실루엣
빌딩과 빌딩 숲 사이로 한 사내가 걸어간다
노역의 대낮, 그림자의 어깨엔 자식새끼 둘이나 달라붙
어 있다
사무실 책상에 쌓인 서류들이 머리를 짓누른다
반복되는 새벽 출근과 야근으로 피곤이 엄습해 오고
휘청이는 허리가 지하 계단 난간에 턱 걸쳐진다
햇빛이 지하도까지 파고들어 구불구불 기어간다
지친 담배 연기의 하루가 서쪽 구름 사이로 흘러간다
무소 떼가 훑고 간 흙먼지처럼
사건이 터지는 세상의 발자국 틈새에서
시간의 뒷굽이 닳고 닳는다
이브 몽탕의 〈벨라 차오〉* 흥얼거리며 노곤함을 덜어 낸다
어깨 위로 가로등 불빛이 졸고 있다

* 〈벨라 차오〉: 고단한 노동에 시달리던 이탈리아 농부들이 부르던 노동요.

바다를 차려 내지요

문을 열자
얼었던 육신들이
일제히 침묵의 문을 연다
동태의 붉은 아가미

샛별 반짝이던 바다에
은비늘 흔적만 남겨 둔 채
어디로 쓸려 갈까

어느 어판장과 가게를 지나서
또 다른 죽음 기다리고 있을까

서릿발 하얗게 서린
이곳에서는
언제쯤 문이 열릴까

찬 물결에 번지점프 하던
붉은 노을 그려 보면서
오랜 껍질 벗어 내고
말랑말랑 먹히기 좋은 상태가 되도록
거듭나는 길만을 기다리는 걸까

해의 신전

따가운 햇볕 아래에서
두꺼비가 축 처진 호박 넝쿨을 흔들어 깨운다

"그래도 힘내서 살아 봐"

"따끈따끈 두부가 왔습니다"
계란, 라면, 양파, 고춧가루, 청국장, 도토리묵, 오뎅, 단
무지가 왔습니다"
트럭에서 흘러나오는 확성기 소리에
남천은 목덜미를 빼고 탱자 울 너머 기웃거린다

햇살은 은행나무를 다람쥐처럼 기어오르다가
복숭아밭에서 새 쫓는 총소리에 흩어진다
칡넝쿨은 여름 바다의 통기타 소리로 흘러가다
벚나무 아래서 졸고 있다

정자에서 배를 깔고 늘어진 고양이
껌벅껌벅 단춧구멍 속으로 기어 들어간다
농부는 목덜미까지 흐르는 땀을 닦는다
옥수숫대는 뙤약볕에 영근 수염을 날리며

해의 신전에 등을 기댄다

신전 아래서
정작 익어 가는 건 자신의 그늘과 그림자라는 걸
아는지 모르는지

자화상

걸음마를 배울 때는 몰랐다

학교를 졸업하면서
욕망이 점점 무성해지는 숲을
뒤엎어 걷어 내어도
자꾸 솟아나는 또 다른 숲
그 숲에서
은륜 빛살 추억이 풀어져 나오고 있었다
길이 풀리고 있었다
잠들지 못하는 새 한 마리
날개를 접고 있었다

꿈은 그냥 완성되는 것이 아니었다

날개가 솟구쳐 오르듯
내일의 출구로 비상하는 것이라고
서툴러도 오늘을 포기하지 않는 것이라고

자가운전 15년 경력에도
고속도로 한 번 타 보지 못하고

망설이는 오른발

엑셀과 브레이크를 번갈아 가며

긴장을 품고 지낸 시간은

처음 신발을 신었을 때 느끼는 불균형으로 왔다

오른손으로 스크래치 낸 가슴을

왼손으로 쓰다듬으면서

처음 가는 낯선 길

꿈을 꾸면서 가는 것이 아니라

꿈을 디자인하면서 가는 것이라고

헛발 디디며 다시 일어서는 것이라고

불면으로 기우뚱한 밤을 보내면서 알게 되었다

제4부

정림사지 오층석탑

천 년의 햇살을 시리게 받아 들고
시대의 그림자를 느긋이 끌어안고
오롯이 한자리에서 등불을 밝힙니다

고요히 사비의 먼 기억 이어 오며
옥개석 안으로 쌓여 가는 청이끼
바람의 배꼽 자리에 낙관을 찍습니다

눈보라 속에서도 목도리 한 장 없이
꺼지지 않는 열정으로 쓰고 있는 자서전
하늘빛 축원을 하며 탑돌이를 합니다.

신시도 휘모리

푸르디푸른 물 보자기 속엔
무엇이 들어 있을까
콩나물 대친 물에 갖은양념 버무린
어머니의 아구찜
감자 넣어서 보글보글 졸여 준 갈치찌개
맛깔스럽게 담근 간장게장
찬거리로 오르내린
해초 숲은 어떻게 생겼을까
진도 북장단으로 추임새를 넣는 파도 물결
그 속마음 헤아릴 길 없지만
시름마저 품어 주는
섬이 떠 있다
신시도 앞바다의 손끝에서
가락을 타는 휘모리장단
어머니의 그림자가 사방팔방 출렁인다

깜냥 쌓기

고무줄 카메라 렌즈로 들여다본다
그녀 몸속엔 고가의 내용이 진설되어 있다
학력 학점 토익 점수 자격증 해외 연수 인턴 봉사 활동 외
모 체형 등
자기 스펙을 잘 갖춘 석류알이 야무지다
아이고, 토끼처럼 낮잠 자다 갈 여유가 없다
시간이 없다
틈만 나면 흐트러지는 마음을 가다듬고 다짐한다
바지춤 올리며 허둥지둥 문화 교실로 나서는데
동네 아줌마 다짜고짜
—철이 엄마 깜냥이 어떻게 되세요?
—스펙인가 뭔가 말이에요
—예? 아! 저 남편과 아들을 위해
된장찌개 맛있게 끓이는 법, 연구하고 있는데요.

토끼의 하루

검은 길은 혼자일 때 더 검다
한 달 넘게 다녔지만, 아직도 낯선 길
전조등 빛 따라 적막강산 명사들이 문장 띠를 이룬다
중인리 가는 입구를 지나쳐 버렸을까
내 앞을 마구 뛰어가며 따라오라고 돌아보는 흰토끼
쫑긋한 나의 두 귀가 더 길어진다
도로엔 오가는 차량 하나 없고
검은 천으로 덮어 버린 하늘
숨을 깊게 들이마시고 내뱉기를 반복하자
소경이 눈을 뜨듯 휘어진 길이 반가울 때가 있다
우회전 깜빡이를 넣고 내려간다
검은 길을 빠져나오자
잃어버린 지갑을 찾아 한나절 헤매다
마늘밭 고랑에서 찾아낸 것처럼
목련꽃 한 귀퉁이에서 흰토끼가 반긴다
온종일 업무량에 시달리면서
꺾이고 눌린 빛의 무게를 업고
내 눈은 직장과 집 사이의 검은 책장을 넘긴다
수시로 아리는 견갑골 위에
당근과 채찍을 싣고 집으로 향하는 네 박자, 쿵짝

탈 없는 하루를 위하여 떼어 놓고 나온 탱탱한 토끼의 간
내 안의 파동을 다시 일으키려 포근한 둥지로
가속페달을 힘차게 밟는다

죽막동 제사 유적지에 와서

멀리 임수도가 젖꼭지처럼 보일 때
심청이 인당수에 몸을 던졌다던 그곳
한 폭의 수채화처럼 보인다
서해를 거슬러 올라
항해하다 보면 부서져 떠다니는
어민들의 생의 조각들 만날 수 있다
풍어를 기원하며
무사 귀환 기다리는 가족들의 기도가
무수히 녹아들었을 당산제
사방이 막힌 배 안에서 노곤한 어부들은
바다를 탐색하다 잠이 들었다
긴 항해의 만선을 꿈꾸는
어부들의 긴긴 바다의 밤
죽막동 제사 유적지에 와서 깨닫게 되었다
왜 서해가 더욱더 푸르른지를
해저에는 아직도 청자 매병이
우리들의 손길을
깊숙이 기다리고 있다는 것을
고려 수도 개경으로 향하는 해상 실크로드
전설이 깃든 죽막동

바다의 수호신 '개양할미'가
지금도 서해의 수심을 재어 주고 있을까
칠산 바다 저 너머로
검은 깃발, 펄럭이고 있다

바람은 아직 그 오일장에 서성인다

좌판에 낯익은 풍경 펼쳐 놓았다
동태 꼬막 고등어 오징어 갈치 홍합이랑
서로 사이좋게 얼굴 맞대고 누워
옛 바다 얘기나 나누는 걸까
아주머니의 양 볼엔 복사꽃이 활짝 피어 있다
동태가 오가는 행인들의 어깨 너머로
꽁꽁 언 겨울 강을 펼친다
김제 오일장이 서는 날
할머니는 읍내에 가시면 동태를 사 오시곤 하였다
(하필이면 왜 맛없는 동태일까)
무 넣고 시원하게 끓여 낸 국물
시큰둥해진 내 앞에
제일 살찐 가운데 토막을 넣어 주시던, 그 촉감
오늘따라 왜 이렇게 내 목젖에 촉촉이 젖어 드는가
바람은 아직 그 오일장에 서성이는지
할머니의 기침 소리
현관문을 삐거덕 흔들고 있다

초롱불

아버지는 은행알을 씻고 계십니다
은행 껍질 벗겨지듯 젊음은 사라지고
세월의 주름만이 손등에 수북합니다
학창 시절 매일매일 돈타령에도
호주머니에 있는 돈 다 꺼내시어
제 손에 건네주셨지요
남편이 고시 공부에 매달려 있을 즈음
당신은 형편을 짐작하시고
"이 돈은 죽은 돈이야." 하시며 오아시스 같은
증권카드와 도장을 선뜻 내놓으셨지요
사는 동안 늘 마음이 편치 않았습니다
죄송스러운 마음이 세월 속에 흐려져 가고
잘 살고 있는 모습만이 할 수 있는 전부였습니다

아버지!
그때, 당신의 손은 눅눅한 밤길을 밝혀 주었습니다

수련

병원 뜰에 커다란 연못이 있어
물에 핀 수련꽃을 보았어
휠체어 탄 엄마랑 같이
못의 둘레를 돌며
슬픈 무게로 떠 있는 꽃을 보았어
감당키 어려우면
꽃잎은 한 잎 한 잎 펼쳐서
생각의 갈피갈피 날려 보내는 걸까
슬픔의 무게가 버거우면
나처럼 비워 내라는 수련의 말
들을 수 있었어
그 하얀 중심의 말

엄마가 쉬었다 간 연못에
오늘은 두 바퀴만 돌자던 엄마의 말
빙빙 맴돌고 있었어

휠체어를 밀며

코스모스꽃
지천으로 피어 있는 병원 산책길 엄마는
휠체어에 힘없이 기대어 있다
아빠가 코스모스 꽃잎을 따서
귀밑머리에 꽂아 주고
흘러간 유행가를 부른다
지나가던 아주머니가
"참 예쁩니다" 하여도
웃을 힘조차 모자란 듯
멍하니 앞을 바라보는 엄마
햇살이 해쓱한 엄마 얼굴 비추는 오후
코스모스꽃들이
휠체어를 밀며 어디로 간다

양애 향기

남편과 함께
생전에 좋아하셨던 양애전을 부친다

—자넬, 참 어여삐 여겼을 텐데
이 말을 들으니
오늘따라 몹시도 그리워진다

그분에게서
어두운 추억도 밝은 추억도
나에겐 젖어 있지 않지만
며느리 생일날, 두 형님께 속옷을
선물하셨다는 깊은 속정

제사상 차려 놓고
열린 현관문 쪽을 바라다본다

양애 향기를 묻을 수 없듯이
기억도 묻을 수 없다는 듯

\>

내 어깨 스치고

어머니가 들어오신다

시간의 스토커

우리집 정원에
붉은 모란꽃 핀다

낮에는 하얀 나비
햇살, 바람, 빗방울
앉았다 간다

밤에는 별들이 내려와
노닐다 가기도 한다

그들이 모두 친구인 줄 알고
어울려 지내 왔는데

앉았다 떠난 자리
머물렀던 시간만큼
그늘이 번진다

파르르 떠는 듯
꽃잎 오그라진다

\>

물길 놓았던 시간만큼
이내 시들어 버린다

하지만, 아직은 오월

파꽃

파밭에서 풀을 뽑으며 팥죽땀을 닦습니다
주름진 손등 위로 파고동 진물이 흘러내리던 지난 밤
염장이 터져 새카맣게 타 버린 텅빈 속의 어머니
그게, 눈물의 결정인 걸 이제야 알겠어요
당신의 못다 부른 노래
뼛속까지 비어 버린 기둥이란 걸
그 깨달음의 마음 한 자락
눈가로 콧잔등으로 눈물 번집니다
내 가슴속에 흩날리던 파씨
오늘은 하늘의 별처럼 빛납니다
별꽃 피는 밤이면
어머니는 나를 내려다보고 계시는지요

'굴비'의 시학

차성환(시인, 한양대 겸임교수)

    강명수 시인은 일상의 풍경과 사물에 대한 세밀한 관찰을 통해 인간의 삶이 가진 의미를 드러낸다. 그가 마주하는 것은 외면상으로 번듯하게 잘 다듬어진 삶이 아니라 뜨거운 생의 열기가 지나가고 쇠락한 육체와 함께 찾아오는 온갖 감정들이다. 숨이 턱 밑까지 차오를 때까지 정신없이 달려온 삶의 뒤안길에 남겨진 것은 쓸쓸하고 남루한 육체의 고단함이다. 공허한 눈동자와 회한으로 가득 찬 넋두리이다. 쳇바퀴처럼 돌아가는 삶의 관성을 잠시 멈추고, 다시 바라보는 세상에는 허전하고 슬픈 마음들이 가득하다. 그 강렬한 삶의 페이소스가 강명수의 시를 이룬다. 그의 시詩에는 바다의 모래톱에서 망연하게 해가 지는 풍경을 바라보는 사람에게서 볼 수 있는 표정이 있다. 끈적끈적한 땀 냄새와 눈가에 흘린 눈물 자국, 헛헛하게 지어 보이는 쓸쓸한 웃음. 그 인간의 체

취를 넘어서 삶에 대한 무한 긍정과 함께 깨달음으로 나아가려는 힘이 있다.

　강명수 시인의 첫 시집 『법성포 블루스』에 쓸쓸한 바다의 풍경이 자주 등장하는 것은 어쩌면 당연한 일이다. 우리에게는 잠시 멈춰 서야 할 시간이 필요하다. 인간의 삶에 대해 본질적인 질문을 던지기 위해서는 일상의 시간을 잠시 멈추고 우리 生의 이면을 조용히 응시해야 한다. 그것은 우리의 삶이 무언가로 가득 채워져 있는 것 같지만 실상 그 안에 도사리고 있는 것은 결국 허무라는 사실을 일깨워 주기 위함이다. 그는 쇠락한 바다의 풍경 앞에 우리를 데려다 놓는다.

　　백 살은 넘은 듯한 그루터기 해송 밑에
　　한 남자가 털썩 주저앉아 있습니다
　　품 안에 들어오는 모든 것들을
　　그냥 그대로 끌어안아 줍니다
　　모래톱을 베고 한때 고속도로를 달렸던
　　폐타이어가 누워 있습니다
　　일회용으로 버려진 페트병
　　고함치며 뒹구는 소주병도 있습니다
　　달아난 여자의 신발처럼
　　암벽 위 노란 장다리꽃
　　미끄러지듯 암벽을 붙잡고 있습니다
　　수평선을 누르는 불구슬이
　　물비늘 위에 묽게 풀리고 있습니다

비린내 머금은 바람이

오후 여섯 시를 건너가고 있습니다

하늘이 고단한 하루를 내려놓으려

검은 장막을 내리고 있습니다

모두 발가벗었습니다

그 속에서 화려한 백수 김 씨는

지워지는 수평선을 멍하니 바라보고 있습니다

—「모항의 오후」 전문

　한 남자가 바닷가 "그루터기 해송 밑에" "털썩 주저앉아 있"다. 바다 위의 잔해들만 해안가로 떠밀려 오는 것이 아니라 육지에서 갈 곳을 잃은 자들도 이곳에 당도한다. "한때 고속도로를 달렸던/ 폐타이어"처럼 세상의 속도를 쫓아 온몸으로 살아온 육신들은 이제 "모래톱을 베고" 누운 처지가 되었다. "버려진 페트병"과 "고함치며 뒹구는 소주병"이 놓여 있는 "오후 여섯 시"의 "모래톱"은 인생의 젊음과 화려한 시기가 지나고 난 후의, 삶의 쓸쓸한 풍경을 보여 준다. "남자"가 한때 사랑했던 "여자"가 달아나면서 남기고 간 "신발처럼/ 암벽 위"에는 "노란 장다리꽃"이 매달려 있다. "노란 장다리꽃"으로 표현된 그 사랑은 "남자"의 유일한 희망이었고 생의 마지막 미련과도 같은 것일 터이다. 사랑하는 연인도 떠나고 직장도 잃은 채 바닷가로 떠밀려 온 한 "남자". 그의 인생에 남은 것은 아무것도 없다. 아무것도 가진 것이 없기에 역설적으로 "품 안에 들어오는 모든 것들을/ 그냥 그대로 끌어안"

을 수 있게 된다.

밤의 "검은 장막"이 내려오는 허무에 가까운 이 풍경을 말없이 바라보는 "남자". 「모항의 오후」는 생의 들끓는 욕정과 열기가 사그라진 다음에 남은 것들을 덤덤히 바라보는 "남자"의 시선을 따라가고 있다. "수평선을 누르는 불구슬이/ 물비늘 위에 묽게 풀리고 있"는, 해가 지는 바닷가의 강렬한 풍경은 곧 우리가 삶의 마지막에 목도하게 될 장면일 것이다. 화려해 보이는 것들 이면에 남겨진, 날것 그대로의 풍경이 빛을 내고 "모두 발가벗"은 사물이 진실을 드러내는 순간이다. 비로소 우리는 "비린내" 같은 삶의 체취들이 물씬 풍기는 바닷가에서 폐허 속 잔해와 같은 자신의 삶을 면면이 들여다보게 되는 것이다. 해 질 녘의 바닷가는 자신의 삶을 되돌아보고 반추할 수 있는 시간을 준다. 인생의 막다른 골목과도 같은 낭떠러지인 동시에 새로운 삶을 나아갈 수 있는 가능성의 장소이기도 하다.

바람이 산등성이 아래로 해를 밀어 넣는다
산등성이를 기어오르는 갈대꽃들은
뉘엿뉘엿 지는 해를 바라보며 허연 갈기를 흔들고 있다
갯벌은 하루의 고단함을 슬며시 풀어놓으며
삐져나온 마지막 햇살을 깔고 드러눕는다
덕장엔 어부들의 그림자가 매달려 있다
젖어 드는 짠바람 물고 엮어진 굴비들이
어둠 속으로 천천히 걸어 들어간다

밤바다 휘황찬란한 크루즈를

목 늘여 바라보면서 한숨으로

하루를 헤쳐 나갈 지느러미는 투덜댄다

물 없는 세상에서 새로운 리듬을 익힐 때까지

바닷바람이 수놓은 별빛을 쓰윽 끌어당겨

뜬눈으로 검은 밤의 스텝을 밟는다

　　　　　　　　　　　—「법성포 블루스」 전문

　이 시는 영광 굴비로 유명한 전라남도 영광의 "법성포"라
는 작은 항구를 배경으로 하고 있다. 하루 일과가 마무리되
는 "법성포"의 해 질 녘 풍경은 쓸쓸하다. "어부들"은 바다에
서 잡아 온 "굴비들"을 "덕장"에 매달고 "하루의 고단함"을 잠
시 내려놓은 것 같지만, "굴비들"에게는 "물 없는 세상에서
새로운 리듬을 익"혀야 하는 생生의 숙제가 남겨져 있다. 바
다 속을 자유롭게 유영하던 "굴비"는 이제 "덕장"에 묶여 "젖
어 드는 짠바람"을 "물고 엮어"야만 하는 뭍 위의 삶을 배워
야 하기 때문이다. 세상에는 온통 "헤쳐 나갈" 것들뿐이다.
"굴비"는 연약한 "지느러미"로 지상에서 새로운 생의 방식,
"새로운 리듬"을 익히기 위해 "뜬눈으로 검은 밤의 스텝을
밟"아야 한다. 고통스러운 삶의 연속이지만 거기에는 일말
의 낭만이 있다. "뉘엿뉘엿 지는 해를 바라보며 허연 갈기를
흔"드는 "산등성이"의 "갈대꽃들"이 있고 검은 밤하늘에 "바
닷바람이 수놓은 별빛"이 있다. "법성포", 곧 우리의 삶이 피
어나는 장소에는 "하루의 고단함"을 잊게 만드는 아름다움이

숨겨져 있는 것이다.

「법성포 블루스」에는 "법성포"의 아름다운 정취가 수려하게 펼쳐지는 속에 우리 삶이 가진 녹진함이 절절히 배어져 나온다. 미국 남부의 흑인 노예들이 고통스러운 삶의 애환을 음악으로 실어 나르던 블루스는 우리나라의 한과 신명에 맞닿아 있다. 어쩔 수 없는 운명 앞에서 그 생의 고통을 견디면서 신명이라는 흥을 잃지 않는 우리네의 인생살이가 그렇지 않은가. 느린 곡조에 장조와 단조가 구별되지 않는, 슬프면서도 흥겨운 블루스와 같은 삶이 우리의 마음을 휘감는다. 이렇게 "어부들"의 삶과 "굴비들"의 삶은 공명한다. 시인은 "덕장"에 매달려 바닷바람에 눅눅하게 숙성해 가는 "굴비들"에게서 우리의 고단한 삶을 읽어 내고 있다. 결코 쉽지 않은 우리네 인생살이에 따듯한 위로를 보내고 있는 것이다. 여기서 그의 '굴비론'은 아직 끝나지 않았다.

　　노릇노릇 구워진 굴비를 접시에 담는다
　　어부의 투망에 기꺼이 제 한 몸 던져 낸 이 자그마한 속
　살 앞에서
　　젓가락질이 분주하다
　　눅눅한 거처를 옮겨 다니면서 시큰하도록 닦아 왔을 얼룩
　　옆구리 벌컥거리면서 붉은 지느러미로 헤쳐 나왔을 삶이
　　삽삽하다
　　오랜 물살의 뼈로 살았을 너
　　잠시도 쉴 수 없는 지느러미로

겹겹이 껴입은 바다의 내력을 써 왔을 것이다
—「파도를 펼쳐 읽다」 부분

　시인은 "접시" 위에 올려진 "굴비" 한 마리에서 그것이 꼬들꼬들한 맛과 풍미를 가지기 위해 헤엄쳐 온 험난한 생의 내력을 읽어 낸다. 눈앞의 "굴비"는 한 존재의 '있음'이 저절로 얻어지는 것이 아니라 온갖 어려움과 고난을 이겨 내고 난 후에야 겨우 한 생生으로 설 수 있다는 사실을 증명하고 있다. 숙성된 "굴비" 한 마리가 되기 위해서 얼마나 거친 바다와 해풍을 이겨 내야 했을까. "어부의 투망에 기꺼이 제 한 몸 던져" 자신의 운명에 투신하는 "굴비". 시인은 "굴비"의 몸에서 "눅눅한 거처를 옮겨 다니면서 시큰하도록 닦아 왔을 얼룩"을 매만지고 "옆구리 벌컥거리면서 붉은 지느러미로 헤쳐 나왔을 삶"을 보듬어 안는다. "굴비"의 생은 애절하고 뭉근하고 한없이 아련하다. "바다"의 "파도"에는 "굴비"가 "잠시도 쉴 수 없는 지느러미로" 헤쳐 나온 삶의 굴곡과 부침이 고스란히 담겨 있다. 그렇기에 "굴비"의 생애를 이해하기 위해서는 그가 헤엄쳐 온 시간의 "파도를 펼쳐 읽"어야만 한다. 한 사람이 이곳에 걸어오기까지 모두 저마다의 생의 고투를 치렀을 것이다. 그 시간의 결을 톺아보는 시인의 따듯하고 섬세한 시선은 우리에게 한없는 위로를 안겨 준다. 그리고 강명수 시인은 여기서 멈추지 않고 지상의 삶이 가진 의미를 깨닫기 위한 고독한 성찰과 구도의 세계에 한 발 더 나아간다.

밤새 별을 따다 배추 치마폭을 장식했나 보다

밤의 손가락이 늘어 갈수록

우주를 동그랗게 조각해 낸다

곡선으로 만들어진 이 공空판화는

누구의 작품인지 궁금하다

얼마나 작업에 몰두했는지

제 몸도 푸르게 물들어 가는 줄 몰랐을 거다

배춧잎과 일심동체로

삶의 흔적을 열심히 통찰해 내는

저! 워커 홀릭

밤하늘 별만큼이나 아득한

또 하나의 우주를 창조해 낸다

먹고 버리는 쓰레기 몸살을 앓는

지구의 둥근 몸이 안쓰러워

제 몸속에 삭힐 흔적만을 남기는 미물,

속내를 비우고 비워 내서

광대무변 허공을 집 삼아 살아가는

또 다른 마하보리

바람과 빗방울

나뭇잎 입술 부비는 소리

새들의 발가락 꼼지락거리는 소리까지도

훤히 들리도록

열린 감옥 한 채 텃밭에 짓는다.

—「배추벌레」전문

"배추벌레"는 작은 "미물"임에도 불구하고 대자연의 품 안에서 자기 삶의 터전을 열심히 가꾸어 나간다. "배춧잎"을 먹고 "제 몸속에 삭힐 흔적만을 남기는" "배추벌레"는 자신의 생生 활동을 통해 "하나의 우주를 창조해 낸다". "먹고 버리는 쓰레기"로 지구의 생태계를 파괴하는 인간과 다르게 모든 탐욕과 소유욕을 버리고 대자연이라는 "광대무변 허공을 집 삼아 살아가는" 것이다. "배추벌레"의 몸은 그 자체로 육신의 "감옥"이고 "배추벌레"가 살아가는 작은 "텃밭" 또한 또 하나의 생의 "감옥"이지만 그것은 어느 순간 "바람과 빗방울/ 나뭇잎 입술 부비는 소리/ 새들의 발가락 꼼지락거리는 소리까지도/ 훤히 들리"는, 우주의 온갖 생명이 움트는 "열린 감옥"으로 화한다. 자신에게 주어진 몸으로, 제한된 삶의 조건 속에서 최선을 다해 살아가는 "배추벌레"의 생태가 곧 하나의 아름다운 우주를 만들어 내는 것이다.

  「법성포 블루스」에서 '굴비'의 생애가 '파도'의 내력이 되고 곧 '파도'와 혼연일체가 되듯이 삶의 제한적 조건들을 자신의 온몸으로 부대끼면서 살아온 자들은 우리에게 어떤 깨달음을 준다. 생성과 죽음이 반복하는 삼라만상의 법칙을 거스르지 않고 본연히 자기 생명의 본질을 충실히 수행하는 자들. 「배추벌레」에서 "배추벌레"가 자신의 먹이인 "배춧잎과 일심동체"가 되듯이 말이다. 보잘것없는 한갓 "미물"의 꿈틀거림으로 보이지만 그것이 바로 거대한 우주가 벌이는 "작업"의 일환이며 삶과 죽음이 한 고리로 반복되는 생태계의 순환을 지지하고 있는 것이다. 자신에게 주어진 생을 최선을 다해 온

몸으로 살아 내는 것이 수행修行이고 수도修道이고 우주의 신비에 동참하는 길이다. 그 살아 냄의 땀 냄새가 진리로 가는 길이다. 이는 강명수 시인이 궁극적으로 꿈꾸는 삶의 방식이다. 지금의 고통스러운 육신의 삶 너머에 또 다른 생의 가능성이 있음을 암시해 준다. "이 공空판화"가 그가 하는 "작업"의 결과물이자 그의 시詩인 것이다.

> 파르르 스러진다
> 담담하게 죽은
> 수도승의 빛
> 보고 또 본다
>
> 가볍게
> 육신의 그림자 남겨 두고
> 또 하나의 세계를 열고 있구나
>
> 맑은 혼, 날개 파닥이며
> 산문을 나서느라
> 저 언덕에서
> 장삼 자락 펄럭인다
>
> ─「나비」 전문

애벌레가 자신의 몸을 벗고 나비로 새롭게 태어나는 장면은 늘 경이롭다. 마치 "수도승"과 같이 평생을 배춧잎을 먹으면서 수행한 애벌레가 몸의 껍질을 벗고 생의 다른 차원으로 넘어간다. 시인이 "배추벌레"를 보고 "열린 감옥"("배추벌레")이라고 한 이유는 한층 더 분명해진다. 고통스러운 육신의 감옥은 죽음을 통해 새로운 "또 하나의 세계"를 열어젖힌다. 생과 사의 거대한 수레바퀴 속에서 이 애벌레의 죽음은 또 다른 생명으로 수렴된다. "나비"의 존재는 이를 증거하고 있는 것이다. "나비"는 보이지 않는, 우리 육신에 깃든 "맑은 혼"의 현현顯現이다. "맑은 혼"은 "육신"에서 "가볍게" 놓여나 "날개"를 펼치고 날아간다. "수도승"이 "산문山門"을 너머 세속으로 홀가분히 바깥나들이를 하듯이 "나비"는 아름다운 "장삼 자락"을 펄럭이며 세상으로 나아간다. 이 한없이 가벼운 "나비"가 날아가는 곳은 어디일까.

하루에도 몇 차례, 호수는
수면 위에 그림을 그린다
바람이 밑그림을 지우고
빗줄기가 화폭을 엎질러도
수심 깊이
잔잔한 삶을 담아낸다
산이며 집이며 나무들을
고요하게 살려 낸다
한 획 허공을 긋고
정적을 깨는 새와
저녁 어스름을 밟는 사람들을

망초꽃 구름송이로 채색하는

물의 화법,

무심코 던지는 돌멩이에 일렁이는 파문도

물의 법문이다.

—「물의 법문」전문

　고요하고 아름다운 풍경이다. "호수"는 투명한 "물"만 담겨 있는 비어 있는 "화폭"이다. "호수"가 그리는 "그림"은 "수면"에 비치는 세상의 그림자이다. "호수"는 아무 말 없이 "산이며 집이며 나무들을", "정적을 깨는 새와/ 저녁 어스름을 밟는 사람들을" 고스란히 담아낸다. "바람"과 "빗줄기"가 잔잔한 "수면"의 상태를 방해하더라도 이내 곧 고요한 화폭으로 되돌아온다. "수심 깊이/ 잔잔한 삶을 담아"내는 "호수"는 자신의 삶뿐만 아니라 다른 사람들의 삶과 세상의 모습을 그대로 투명하게 담아내려는 시인의 시작법을 보여 주고 있다. "호수"에 "무심코 던지는 돌멩이"로 "잔잔한 삶"의 평온이 깨지더라도 그 "일렁이는 파문"을 말없이 기록하는 것이 "물의 화법"이다. 그 물결이 "물의 법문"이고 강명수 시詩의 문장이다. 삶의 수많은 부침 속에서도 세상의 모습을 있는 그대로 담아내려는 "물"의 항상성은 강명수 시詩의 특징이기도 하다. 삶의 세목을 충실하고 핍진하게 그려 내는 그의 시는 우리에게 가슴 뭉클한 감동을 안겨 준다. '굴비'가 보여 주는 삶의 숙성이 이처럼 맑고 투명한 시의 세계로 이끈 것이다.

　강명수 시인은 이 시대의 물질문명을 대표하는 스마트폰

에 도취된, "이 조그만 네모 상자에/ 완전 포로가 되어 버"려 마치 좀비와 같은 존재가 되어 버린 사람들을 바라본다. 그들은 "기계음에 흡수된 창백한 영혼"(「스몸비」)들이다. 우리가 살아가는 현실은 "부당 해고 비명이 작열하는 도심 공기"(「뱅골호랑이」)로 둘러싸여 있고 그 속에서 사람들은 "도심의 사막에 덧입혀진/ 화려한 불빛"(「나무 조명」)에 현혹되어 길을 잃고 헤맨다. 그는 삭막한 도시의 갈증에 시달리는 우리들에게 이 고요한 호수의 풍경을 말없이 건네고 있다.

그의 시는 "보이는 것과 보이지 않는/ 굴레의 경계에서"(「삼천三川에서」) 삶의 아름다움과 슬픔을 동시에 담아낸다. 우리에게는 언젠가 "사는 일이 탑을 쌓는 일일까/ 탑을 허무는 일일까"(「마이산 탑사를 오르며」)라며 스스로에게 되묻는 날이 있을 것이다. 무언가 나의 삶을 열심히 채워 나간다고 생각했지만 뒤돌아보면 인생이 허무하게 텅 빈 것과 같은 느낌을 받는 날. 그럴 때면 강명수 시인의 시집을 펼쳐 보기 바란다. "내가 사는 날에도 그런 날 있었다/ 거친 바닥을 짚는 동안/ 바다에서 들려오는 둥근 파도 소리/ 용산 전망대에서 바라본 순천만의 무릎/ 엄마의 무릎 같았다"(「문어의 계절」). 우리는 그의 시를 통해, 세상의 아름다움에 다시 눈을 뜰 수 있을 것이다. "진즉에/ 수평선을 읽었더라면 달라졌을까/ 파도 소리를 읽고/ 뜬구름 걸린 미루나무를 읽었더라면/ 지평선을 읽었더라면"(「활자 벌레」). 삶의 탄성을 회복해 막막하고 거친 일상을 다시 헤쳐 나갈 수 있는 힘을 얻게 될 것이다. "구부리고 스며들어/ 화음을 이루어 내려는 것이리라/ 뻣뻣했던 세상살이가 잘 익은 오늘이 된다"(「삶은 국수다」).

  강명수 시인의 시집 『법성포 블루스』는 우리들에게 무한한 위로를 안겨 준다. 그의 시에는 "슬픔의 무게"(「수련」)를 이겨 낸 "가슴속까지 잘 숙성된/ 단맛"(「인연」)이 있고 "진도 북장단으로 추임새를 넣는 파도 물결"(「신시도 휘모리」)과 같은 흥이 있다. 맑고 투명한 시에 비치는 우리 자신의 삶을 목도하게 될 것이다. 그의 시를 따라가다 보면, "잘 익은 노을이/ 풀빛 언어로 피어난 꽃"(「김삼의당金三宜堂을 생각하며」)을 만나게 되리라. "생의 뒤 칸이 환해"(「울금바위」)져 오래도록 잠을 이루지 못하리라.

천년의시인선